DISCOURS

PRONONCEZ

A

L'ACADEMIE FRANCOISE

Le 2. Ianvier 1685.

A PARIS,

De l'Imprimerie de PIERRE LE PETIT, Premier
Imprimeur du Roy, & de l'Academie Françoise,
ruë saint Jacques à la Croix d'Or.

M. DC. LXXXV.

AVEC PRIVILEGE DE SA MAJESTE.

Monſieur de Corneille ayant eſté élû par l'Academie Françoiſe à la place de feu M. de Corneille ſon frere, & à quelques jours de là Monſieur de Bergeret Secretaire du Cabinet, Premier Commis de M. de Croiſſy Miniſtre & Secretaire d'Eſtat, ayant auſſi eſté élû à la place de feu M. de Cordemoy, ils vinrent tous deux prendre leur ſéance le 2. Ianvier 1685. & firent leurs remerciments à la Compagnie chacun ſelon le rang de leur reception.

REMERCIMENT

De Monſieur DE CORNEILLE.

ESSIEURS,

J'ay ſouhaité avec tant d'ardeur l'honneur que je reçois aujourd'huy, & mes empreſſemens a le demander, vous l'ont marqué en tant de rencontres, que vous ne pouvez douter que je ne le regarde comme une choſe, qui en rempliſſant tous mes deſirs, me met en eſtat de n'en plus former. En effet, MESSIEURS, juſqu'où pourroit aller mon ambition, ſi elle n'eſtoit pas entierement ſatisfaite? M'accorder une Place parmi vous, c'eſt me la donner dans la plus illuſtre Compagnie, où les belles Lettres ayent jamais ouvert l'entrée.

A iij

Pour bien concevoir de quel prix elle eſt, je n'ay qu'à jetter les yeux ſur tant de grands Hommes, qui élevez aux premieres Dignitez de l'Egliſe & de la Robe, comblez des honneurs du Miniſtere, diſtinguez par une naiſſance, qui leur fait tenir les plus hauts rangs à la Cour, ſe ſont empreſſez à eſtre de voſtre Corps. Ces Dignitez éminentes, ces honneurs du Miniſtere, la ſplendeur de la naiſſance, l'elevation du rang, tout cela n'a pû leur perſuader, que rien ne manquoit à leur merite. Ils en ont cherché l'accompliſſement dans les avantages que l'eſprit peut procurer à ceux, en qui l'on voit les rares talens qui ſont voſtre heureux partage : & pour perfectionner ce qui les mettoit au deſſus de vous, ils ont fait gloire de vous demander des Places qui vous égalent à eux. Mais, MESSIEURS, il n'y a point lieu d'en eſtre ſurpris. On aſpire naturellement à s'acquerir l'immortalité; & où peut-on plus ſeurement l'acquerir que dans une Compagnie, où toutes les belles Connoiſſances ſe trouvent comme ramaſſées, pour communiquer à ceux qui ont l'honneur d'y entrer, ce qu'elles ont de ſolide, de delicat, & de digne d'eſtre ſceu? Car dans les ſciences meſmes il y a des choſes qu'on peut negliger comme inutiles, & je ne ſçay ſi ce n'eſt point un defaut dans un ſçavant homme que de l'eſtre trop. Pluſieurs de ceux à qui l'on donne ce nom, ne doivent peut-eſtre qu'au bonheur de leur memoire ce qui les met au rang des Sçavans. Ils ont beaucoup leu; ils ont travaillé à s'imprimer forte-

ment tout ce qu'ils ont leu , & chargez de l'in-
digeste & confus amas de ce qu'ils ont retenu sur
chaque matiere , ce sont des Bibliotheques vi-
vantes, prestes à fournir diverses recherches sur
tout ce qui peut tomber en dispute; mais ces ri-
chesses semées dans un fonds qui ne produit rien
de soy, les laissent souvent dans l'indigence.
Aucune lumiere qui vienne d'eux, ne débroüille
ce cahos. Ils disent de grandes choses , qui ne
leur coustent que la peine de les dire , & avec
tout leur sçavoir estranger, on pourroit avoir su-
jet de demander s'ils ont de l'esprit.

Ce n'est point, MESSIEURS, ce qu'on trouve
parmy vous. La plus profonde erudition s'y rencontre , mais dépoüillée de ce qu'elle a ordinaire-
ment d'épineux & de sauvage. La Philosophie , la
Theologie , l'Eloquence , la Poësie , l'Histoire ,
& les autres Connoissances qui font éclater les
dons que l'esprit reçoit de la nature , vous les
possedez dans ce qu'elles ont de plus sublime ;
tout vous en est familier ; vous les maniez comme il vous plaist , mais en grands Maistres,
toûjours avec agrément, toûjours avec politesse;
& si dans les Chef-d'œuvres qui partent de vous,
& qui font les modelles les plus parfaits qu'on
se puisse proposer dans toute sorte de genres d'é-
crire , vous tirez quelque utilité de vos lectu-
res; si vous vous servez de quelques pensées des
Anciens pour mettre les vostres dans un plus
beau jour, ces pensées tiennent toûjours plus de
vous , que de ceux qui vous les prestent. Vous
trouvez moyen de les embellir par le tour heu-

reux que vous leur donnez. Ce font à la verité des diamants, mais vous les taillez, vous les enchaffez avec tant d'art, que la maniere de les mettre en œuvre paffe tout le prix qu'ils ont d'eux-mefmes.

Si des excellens Ouvrages dont chacun de vous choifit la matiere felon fon genie particulier, je viens à ce grand & laborieux travail qui fait le fujet de vos Affemblées, & pour lequel vous uniffez tous les jours vos foins, quelles loüanges, MESSIEURS, ne doit-on pas vous donner pour cette conftante application avec laquelle vous vous attachez à nous aider à develoer ce qu'on peut dire qui fait en quelque façon l'effence de l'homme? L'homme n'eft homme principalement que parce qu'il penfe. Ce qu'il conçoit au dedans, il a befoin de le produire au dehors, & en travaillant à nous apprendre à quel ufage chaque mot eft deftiné, vous cherchez à nous donner des moyens certains de monftrer ce que nous fommes. Par ce fecours, attendu de tout le monde avec tant d'impatience, ceux qui font affez heureux pour penfer jufte, auront la mefme jufteffe à s'exprimer, & fi le Public doit tirer tant d'avantages de vos fçavantes & judicieufes decifions, que n'en doivent point attendre ceux, qui eftant receus dans ces Conferences, où vous répandez vos lumieres fi abondamment, peuvent les puifer jufque dans leur fource?

Je me voy prefentement de ce nombre heureux, & dans la poffeffion de ce bonheur, j'ay peine à m'imaginer que je ne m'abufe pas. Je le repete, MESSIEURS, une Place parmy vous

donne

donne tant de gloire , & je la connois d'un fi
grand prix , que fi le fuccés de quelques Ouvrages que le Public a receus de moy affez favorablement, m'a fait croire quelquefois que vous ne
defapprouveriez pas l'ambitieux fentiment qui
me portoit à la demander, j'ay defefperé de pouvoir jamais en eftre digne , quand les obftacles
qui m'ont jufqu'icy empefché de l'obtenir, m'ont
fait examiner avec plus d'attention quelles grandes qualitez il faut avoir pour réüffir dans une
entreprife fi relevée. Les illuftres Concurrens
qui ont emporté vos fuffrages toutes les fois que
j'ay ozé y prétendre, m'ont ouvert les yeux fur
mes efperances trop préfomptueufes. En me mon-
ftrant ce merite confommé qui les a fait recevoir
fi-toft qu'ils fe font offerts , ils m'ont fait voir
ce que je devois tafcher d'acquerir pour eftre en
eftat de leur reffembler. J'ay rendu juftice à vôtre difcernement , & me la rendant en mefme
temps à moy-mefme , j'ay employé tous mes
foins à ne me pas laiffer inutiles les fameux exem-
ples que vous m'avez propofez.

J'avoüe, MESSIEURS, que quand aprés tant d'é-
preuves, vous m'avez fait la grace de jetter les yeux
fur moy, vous m'auriez mis en peril de me permet-
tre la vanité la plus condamnable, fi je ne m'eftois
affez fortement étudié pour n'oublier pas ce que
je fuis. Je me ferois peut-eftre flatté , qu'enfin
vous m'auriez trouvé les qualitez que vous
fouhaitez dans des Academiciens dignes de
ce nom , d'un gouft exquis , d'une penetration
entiere, parfaitemement éclairez , en un mot tels

B

que vous eftes. Mais , MESSIEURS , l'honneur
qu'il vous a plû de me faire , quelque grand qu'il
foit, ne m'aveugle point. Plus voftre confentement
à me l'accorder a efté prompt , & fi je l'ofe dire,
unanime , plus je voy par quel motif vous avez
accompagné voftre choix d'une diftinction fi peu
ordinaire. Ce que mes défauts me défendoient
d'efperer de vous , vous l'avez donné à la memoire d'un Homme que vous regardiez comme
un des principaux ornemens de voftre Corps.
L'eftime particuliere que vous avez toûjours eüe
pour luy , m'attire celle dont vous me donnez
des marques fi obligeantes. Sa perte vous a
touchez, & pour le faire revivre parmy vous
autant qu'il vous eft poffible , vous avez voulu
me faire remplir fa place , ne doutant point
que la qualité de Frere qui l'a fait plus d'une
fois vous folliciter en ma faveur , ne l'euft engagé
à m'infpirer les fentiments d'admiration qu'il a-
voit pour toute voftre illuftre Compagnie. Ainfi,
MESSIEURS , vous l'avez cherché en moy , &
n'y pouvant trouver fon merite, vous vous eftes
contentez d'y trouver fon nom.

Jamais une perte fi confiderable ne pouvoit
eftre plus imparfaitement reparée ; mais pour
vous rendre l'inegalité du changement plus fup-
portable , fongez, MESSIEURS , que lors
qu'un fiecle a produit un homme auffi extraordinaire qu'il eftoit , il arrive rarement que ce
mefme fiecle en produife d'autres capables de
l'égaler. Il eft vray que celuy où nous vi-
vons eft le fiecle des miracles, & j'ay fans doute

à rougir d'avoir si mal profité de tant de leçons
que j'ay receuës de sa propre bouche par cette pra-
tique continuelle que me donnoit avec luy la plus
parfaite union qu'on ait jamais veuë entre deux
freres ; quand d'heureux génies, qui ont esté privez de cet avantage, se sont élevez avec tant de
gloire, que tout ce qui a paru d'eux a esté le char-
me de la Cour & du Public. Cependant, quand
mesme l'on pourroit dire que quelqu'un l'eust sur-
passé, luy qu'on a mis tant de fois au dessus des
Anciens, il seroit toûjours tres-vray que le Theatre François luy doit tout l'éclat où nous le
voyons. Je n'ose, MESSIEURS, vous en dire
rien de plus. Sa perte qui vous est sensible à tous,
est si particuliere pour moy, que j'ay peine à soû-
tenir les tristes idées qu'elle me presente. J'ajoû-
teray seulement qu'une des choses qui vous doit
le plus faire cherir sa memoire, c'est l'attache-
ment que je luy ay toûjours remarqué pour tout
ce qui regardoit les interests de l'Academie. Il
montroit par là combien il avoit d'estime pour
tous les Illustres qui la composent, & reconnois-
soit en mesme temps les bienfaits dont il avoit
esté honoré par M. le Cardinal de Richelieu,
qui en est le Fondateur. Ce grand Ministre, tout
couvert de gloire qu'il estoit par le florissant éstat
où il avoit mis la France, se répondit moins de
l'eternelle durée de son nom pour avoir executé
avec des succés presque incroyables les ordres receus de Loüis LE JUSTE, que pour avoir éta-
bli la celebre Compagnie dont vous soûtenez
l'honneur avec tant d'éclat. Il n'employa ni le

bronze ni l'airain pour leur confier les differentes merveilles qui rendent fameux le temps de
fon Miniftere. Il s'en repofa fur voftre reconnoiffance, & fe tint plus affeuré d'atteindre par vous
jufqu'à la Pofterité la plus reculée, que par les
deffeins de l'Herefie renverfée, & par l'orgueil
fi fouvent humilié d'une Maifon, fiere de la longue fuitte d'Empereurs qu'il y a plus de deux fiecles qu'elle donne à l'Allemagne. Sa mort vous
fut un coup rude. Elle vous laiffoit dans un eftat
qui vous donnoit tout à craindre, mais vous
eftiez refervez à des honneurs éclatans, & en
attendant que le temps en fuft venu, un des plus
grands Chanceliers que la France ait eus, prit
foin de vous confoler de cette perte. L'amour
qu'il avoit pour les belles Lettres luy infpira le
deffein de vous attirer chez luy. Vous y receû-
tes tous les adouciffements qne vous pouviez
efperer dans voftre douleur d'un Protecteur zelé
pour vos avantages. Mais Messieurs, jufqu'où
n'allerent-ils point quand le Roy luy-mefme,
vous logeant dans fon Palais, & vous appro-
chant de fa Perfonne facrée, vous honora de fes
graces, & de fa protection ? Voftre fortune eft
bien glorieufe, mais n'a-t-elle rien qui vous éton-
ne ? L'ardeur qui vous porte à reconnoiftre les
bontez d'un fi grand Prince, quelque preffée
qu'elle foit par les miracles continuels de fa vie,
n'eft-elle point arreftée par l'impuiffance de
vous exprimer ? Quoy que noftre langue abonde
en paroles, & que toutes les richeffes vous en
foient connuës, vous la trouvez fans doute fte-

rilé, quand voulant vous en servir pour expli-
quer ces miracles, vous portez voftre imagination au delà de tout ce qu'elle peut vous fournir fur une fi vafte matiere. Si c'eft un malheur
pour vous de ne pouvoir fatisfaire voftre zele
par des expreffions qui égalent ce que l'Envie
elle-mefme ne peut fe défendre d'admirer, au
moins vous en pouvez eftre confolez par le plaifir de connoiftre que quelque foibles que puf-
fent eftre ces expreffions, la gloire du Roy n'y
fçauroit rien perdre. Ce n'eft que pour relever les
actions mediocres qu'on a befoin d'eloquence.
Ses ornemens fi neceffaires à celles qui ne brillent
point par elles-mefmes, font inutiles pour ces
Exploits furprenants qui approchent du prodige,
& qui eftant crus, parce qu'on en eft témoin, ne
laiffent pas de nous paroiftre incroyables.

Quand vous diriez feulement, LOÜIS LE
GRAND *a foûmis une Province entiere en huit*
jours, dans la plus forte rigueur de l'Hyver. En vingt-
quatre heures il s'eft rendu Maiftre de quatre Villes affie-
gées tout à la fois. Il a pris foixante Places en une feule
Campagne. Il a refifté luy feul aux Puiffances les plus
redoutables de l'Europe, liguées enfemble pour empefcher fes
Conqueftes. Il a rétably fes Alliez. Aprés avoir impofé la
Paix, faifant marcher la juftice pour toutes armes, il s'eft
fait ouvrir en un mefme jour les portes de Strasbourg & de
Cafal, qui l'ont reconnu pour leur Souverain. Cela eft
tout fimple, cela eft uni; mais cela remplit l'efprit
de fi grandes chofes, qu'il embraffe incontinent
tout ce qu'on n'explique pas, & je doute que
ce grand Panegyrique qui a coufté tant de foins

à Pline le Jeune, fasse autant pour la gloire de Trajan, que ce peu de mots, tout denuez qu'ils sont de ce fard qui embellit les objets, seroit capable de faire pour celle de nostre Auguste Monarque.

Il est vray, MESSIEURS, qu'il n'en seroit pas de mesme si vous vouliez faire la peinture des rares vertus du Roy. Où trouveriez vous des termes pour representer assez dignement cette grandeur d'ame, qui l'élevant au dessus de tout ce qu'il y a de plus noble, de plus heroïque, & de plus parfait, c'est-à-dire de luy-mesme, le fait renoncer à des avantages, que d'autres que luy rechercheroient aux dépens de toutes choses ? Aucune Entreprise ne luy à manqué. Pour se tenir asseuré de réüssir dans les Conquestes les plus importantes, il n'a qu'à vouloir tout ce qu'il peut. La Victoire qui l'a suivy en tous lieux, est toûjours preste à l'accompagner ; Elle tasche de toucher son cœur par ses plus doux charmes. Il a tout vaincu, il veut la vaincre elle-mesme, & il se sert pour cela des armes d'une moderation qui n'a point d'exemple. Il s'arreste au milieu de ses Triomphes ; il offre la Paix ; il en prescrit les conditions, & ces conditions se trouvent si justes, que ses Ennemis sont obligez de les accepter. La jalousie où les met la gloire qu'il à d'estre seul Arbitre du destin du Monde, leur fait chercher des difficultez pour troubler le calme qu'il a rétabli. On luy declare de nouveau la guerre. Cette declaration ne l'ébransle point. Il offre la Paix encore une fois, & comme il sçait que la Tréve n'a aucunes suites, qui en puissent autho-

rifer la rupture , il laiffe le choix de l'une ou de
l'autre. Ses Ennemis balancent long-temps fur
la refolution qu'ils doivent prendre. Il voit que
leur avantage eft de confentir à ce qu'il leur offre. Pour les y forcer , il attaque Luxembourg.
Cette Place, imprenable pour tout autre , fe rend
en un mois , & auroit moins refifté , fi pour épar-
gner le fang de fes Officiers & de fes Soldats, ce fage
Monarque n'euft ordonné que l'on fift le Siege dans
toutes les formes. La Victoire qui cherche toûjours
à l'éblouïr, luy fait voir que cette prife luy répond
de celle de toutes les Places du Pays Efpagnol. Elle
parle fans qu'elle puiffe fe faire écouter. Il perfi-
fte dans fes propofitions de Tréve , elle eft enfin
acceptée , & voilà l'Europe dans un plein repos.
   Que de merveilles renferme cette grandeur
d'ame , dont j'ay ofé faire une foible ébau-
che ! C'eft à vous , MESSIEURS , à trai-
ter cette matiere dans toute fon étendüe. Si
noftre Langue ne vous prefte point dequoy luy
donner affez de poids & de force, vous fuppléerez
à cette fterilité par le talent merveilleux que vous
avez de faire fentir plus que vous ne dites. Il faut
de grands traits pour les grandes chofes que le
Roy a faites , de ces traits qui montrent tout ,
d'une feule veüe , & qui offrent à l'imagination
ce que les ombres du tableau nous cachent.
Quand vous parlerez de fa vigilance exacte , &
toûjours active pour ce qui regarde le bien de fes
Peuples, la gloire de fes Eftats , & la Majefté du
Trofne ; de ce zele ardent & infatigable , qui luy
fait donner fes plus grands foins à détruire entie-

rement l'Herefie , & à rétablir le culte de Dieu dans toute fa pureté ; & enfin de tant d'autres qualitez auguftes , que le Ciel a voulu unir en luy pour le rendre le plus grand de tous les Hommes, fi vous trouvez la matiere inépuifable , voftre adreffe à executer heureufement les plus hauts deffeins, vous fera choifir des expreffions fi vives, qu'elles nous feront entrer tout d'un coup dans tout ce que vous voudrez nous faire entendre. Par l'ouverture qu'elles donneront à noftre efprit , nos reflexions nous meneront jufqu'où vous entreprendrez de les faire aller , & c'eft ainfi que vous remplirez parfaitement toute la grandeur de voftre fujet.

Quel bonheur pour moy, MESSIEURS, de pouvoir m'inftruire fous de fi grands Maiftres! Mes foins affidus à me trouver dans vos Affemblées pour y profiter de vos leçons, vous feront connoiftre, que fi l'honneur que vous m'avez fait paffe de beaucoup mon peu de merite , du moins vous ne pouviez le répandre fur une Perfonne qui le receuft avec des fentimens plus refpectueux, & plus remplis de reconnoiffance.

REMERCIMENT

REMERCIMENT

De Monsieur DE BERGERET.

ESSIEURS,

La grace que vous avez eu la bonté de m'accorder, me fait bien fentir dans ce moment ce que j'avois fouvent penfé : que comme il n'eft rien de plus avantageux pour un homme qui aime les lettres, que d'avoir une place dans vôtre illuftre Compagnie : Il n'eft rien auffi de plus difficile que de vous en remercier par un Difcours, & de parler publiquement devant ceux que toute la France écoute comme les Oracles de noftre Langue.

J'ay déja éprouvé plus d'une fois que dés qu'on veut penfer avec attention à l'Academie Françoife,

C

aussi-tost l'imagination se trouve remplie & éton-
née de tout ce qu'il y a de plus beau dans l'Empire des Lettres ; dans ce vaste Empire qui n'est
borné ni par les montagnes, ni par les mers ; qui
comprend toutes les Nations & tous les siecles ;
dans lequel les plus grands Princes du monde
ont tenu à honneur d'avoir quelque place, &
où, MESSIEURS, vous avez l'avantage de posse-
der le premier rang.

J'avoüe que si j'entreprenois de parler de toutes les sortes de merites qui font la gloire de l'A-
cademie Françoise ; je tomberois bien-tost dans le
desordre ; & il ne me serviroit de rien d'avoir quelque habitude de parler en public, & d'en avoir
fait le ministere plusieurs années, en parlant pour
le Roy dans un des Parlemens de son Royaume.

Mais je sçay, MESSIEURS, que dans les oc-
casions comme celles où je me trouve, vous n'ai-
mez pas qu'on parle de vous en vostre presence :
& que pour suivre vos intentions, il faut, au lieu
de vos loüanges, ne vous faire entendre que les
éloges des Protecteurs de l'Academie, & de la per-
sonne à qui vous donnez un successeur. Et alors la
consideration, que vous avez pour eux, vous fait
écouter favorablement tout ce qu'on en dit ; quoy
que bien au dessous de leur merite, & de la maniere éloquente dont vous le diriez vous-mesmes.

J'avois l'honneur de connoistre l'Illustre Academicien dont j'occupe aujourd'huy la place ; &
je souhaiterois, MESSIEURS, d'en avoir encore
le merite, & de pouvoir ainsi vous consoler de sa
perte en la reparant. Il avoit joint toutes les ver-

tus morales & Chreſtiennes aux plus riches talents
de l'eſprit. Il eſtoit ſçavant dans la Juriſprudence,
dans la Philoſophie, dans l'Hiſtoire ; & ce qui
eſtoit encore en luy au deſſus de toutes ces ſciences qui s'acquierent par le travail, c'eſtoit une
certaine preſence d'eſprit qui ne s'acquiert point,
& qui le rendoit capable de parler ſans prepara-
tion avec autant d'ordre & de netteté qu'on peut
en avoir en écrivant avec le plus de loiſir.

Mais je ne ſçaurois rien dire qui luy faſſe plus
d'honneur, que ce qu'il a écrit luy-meſme. Ces
beaux & ſçavants Traitez de Phyſique, cette belle & grande Hiſtoire de nos Rois ſont des monu-
mens qui ne periront jamais. La mort ne luy a
pas laiſſé achever ce dernier ouvrage ; mais quoy
qu'il y manque pour eſtre entier, il ne manque-
ra rien à la reputation de l'Auteur. On eſtimera
toûjours ce qu'il aura écrit ; & on regrettera toûjours ce qu'il n'aura pas eu le temps d'écrire.

Combien eſt-il glorieux à la memoire du grand
Cardinal de Richelieu, que des hommes ſi illu-
ſtres ſe ſoient, ou formez ou achevez dans l'Academie Françoiſe, qui eſt ſon deſſein & ſon ouvrage ! Ce ſera toûjours pour luy un honneur
tout particulier, & qui fera dire dans tous les
temps, que non ſeulement il a fait les plus grandes choſes pour la gloire de l'Eſtat, mais qu'il a
fait auſſi les plus grands hommes pour celebrer
perpetuellement cette gloire. Car il eſt vray que
tous les Academiciens luy appartiennent par le
titre meſme de la naiſſance de l'Academie ; & ils
ſont tous comme la poſterité ſçavante & ſpiri-

tuelle de cet incomparable Genie, qui a tant contribué à tout ce qui s'eft fait de plus grand & de plus heureux dans le dernier Regne. La Politique des Efpagnols rendüe inutile; la Ligue des Imperiaux rompüe; la flote des Anglois arreſtée; la fureur meſme de la mer enchaiſnée & retenüe par cette digue prodigieuſe qui étonnera tous les ſiecles; & dans le meſme temps la rebellion domtée, l'Hereſie convaincüe, l'honneur des Autels reparé: Tous ces heureux évenemens ſont les ſages conſeils de ce grand Miniſtre d'Eſtat, qui a conceu, formé, élevé, protegé l'Academie Françoiſe.

Le celebre Chancelier qui luy a ſuccedé dans cette protection, aura toûjours part à la meſme gloire: & parmi toutes les vertus qui l'ont rendu digne d'eſtre le Chef de la Juſtice, on relevera toûjours l'affection particuliere qu'il a eüe pour les lettres & qui l'a obligé d'eſtre ſimple Academicien, long-temps avant qu'il devinſt Protecteur de l'Academie. Ce qui luy eſt d'autant plus glorieux que ces deux titres ne peuvent plus eſtre réunis dans une perſonne privée, quelque éminente qu'elle ſoit en dignité; Le nom de Protecteur de l'Academie, eſtant devenu comme un titre Royal, par la bonté que le Roy a eüe de le prendre, & de vouloir bien en faveur des Lettres, que le Vainqueur des Rois, & l'Arbitre de l'Univers, fuſt auſſi appellé le Protecteur de l'Academie Françoiſe.

C'eſt icy, MESSIEURS, où je devrois vous parler de cet Auguſte Protecteur: mais à peine ay-je voulu prononcer ſon nom, que je me ſuis

trouvé tout ébloui de fa gloire ; & comment donc
oferois-je tenter de faire fon éloge ?

Il ne fert de rien pour cela d'avoir l'honneur
de l'approcher quelquefois ; car comme il paroift
encore plus grand à ceux qui le voyent de plus
prés, il eft auffi par cette raifon plus difficile encore
à loüer pour eux que pour les autres.

On peut dire feulement que tout ce qu'il
fait voir au monde n'eft rien en comparai-
fon de ce qu'il luy cache. Que tant de Victoires , de Conqueftes & d'évenemens prodigieux
qui étonnent toute la terre , n'ont rien de comparable à la Sageffe incomprehenfible qui en eft
la caufe. Et il eft vray que lors qu'on peut voir
quelque chofe des Confeils de cette Sageffe plus
qu'humaine , on fe trouve, pour ainfi dire, dans
une fi haute region d'efprit, que l'on en perd la
penfée, comme quand on eft dans un air trop élevé & trop pur, on perd la refpiration.

Mais cependant les grandes chofes qu'il a faites , n'eftant pas moins l'objet des yeux que l'é-
tonnement de l'efprit ; il n'y a perfonne qui à la
vuë de tant de merveilles également vifibles & in-
concevables, ne puiffe au moins s'écrier & fe taire.

C'eft là , MESSIEURS , tout ce que j'oferois
entreprendre, & me tenant renfermé dans les termes de l'admiration & du filence , je ne cefferay
de me taire que pour nommer feulement les fou-
veraines vertus que j'admire. Une Prudence qui
penetre tout & qui eft elle-mefme impenetrable ;
une Juftice qui préfere l'intereft du fujet à celuy
du Prince ; une Valeur qui prend toutes les villes

qu'elle attaque, comme un torrent qui rompt tous les obſtacles qu'il rencontre ; une Moderation qui a tant de fois arreſté ce torrent & ſuſpendu cet orage ; une Bonté qui par l'entiere abolition des duels prend plus de ſoin de la vie des ſujets qu'ils n'en prennent eux-meſmes ; un Zele pour la Religion qui fait chaque jour de ſi grands & de ſi heureux projets. Mais ce qui eſt encore plus admirable dans toutes ces vertus ſi differentes ; c'eſt de les voir agir toutes enſemble , & dans la Paix, & dans la Guerre , ſans difference ni diſtinction de temps.

Qui ne ſçait que la Paix a toûjours eſté pour le Roy un exercice continuel de toutes les vertus Militaires ? N'ont-elles pas éclaté juſque dans ces Jeux heroïques , dans ces Campemens , ces Sieges, ces Combats qui ſe faiſoient au milieu de ſa Cour, où il accoûtumoit ſes Soldats à la veille , au ſoleil, au feu , à la pouſſiere ; & où il formoit luy-meſme ſes Guerriers intrepides avec leſquels il a pris toutes ces redoutables villes , qui avoient eſté la terreur des plus grandes armées ?

C'eſt principalement par la maniere dont il a uſé de la Paix , qu'il s'eſt élevé au deſſus de la reputation des plus grands Capitaines ; toûjours agiſſant dans le repos public ; ſçachant prévenir le temps , & ne le perdant jamais ; fortifiant les Places qu'il avoit priſes & les rendant imprenables ; exerçant regulierement ſes Troupes , & les tenant toûjours en haleine ; rempliſſant toutes les provinces de ſon Royaume par ſes ſoins & par ſes ordres. Là ſe faiſoient des Magazins & des Arſenaux , ſources inépuiſables de toutes ſortes de munitions de guerre. Icy se formoient des Academies Militaires, établissemens admirables, pour ne manquer jamais de Soldats ni d'Officiers. Là se bastissoient des Ports d'une beauté & d'une grandeur extraordinaire. Icy se fabriquoient des vaisseaux dignes de la Conqueste du monde; & par tous ces paisibles exploits de sa Sagesse, il répandoit parmi les Nations une terreur de sa puissance, qui luy tenoit lieu d'une Victoire perpetuelle.

Ainsi quoy qu'il ait donné plusieurs fois la paix à l'Europe, & autant de fois que ses Ennemis vaincus ont voulu la recevoir, jamais le repos, jamais le loisir ne luy ont rien fait perdre de la gloire ny de la vertu d'un Prince guerrier & conquerant.

Pour luy la Paix a toûjours esté non seulement agissante, mais encore victorireuse. Et par un bonheur incomparable, elle faisoit cesser nos craintes, & n'arrestoit pas ses conquestes; puis qu'il est vray que les trois plus importantes villes du Royaume, & pour sa Gloire, & pour sa seureté, Dunkerque, Strasbourg, & Cazal, sont des conquestes qu'il a faites au milieu de la Paix. Et ces trois Villes qui sont les Clefs de trois Estats voisins, & dont la prise auroit signalé trois Campagnes, ayant esté conquises sans combat & sans armes, font bien voir que la sagesse du Roy sçait faire naistre dans le plus grand calme de la Paix, les plus heureux succés de la Guerre; de mesme que dans les plus grandes fureurs de la Guerre il fait regner toutes les Vertus de la Paix.

N'avons-nous pas vû l'Europe entiere conju-
rée contre la France ? Tout le Royaume n'a-t-il
pas esté environné d'armées ennemies ? Et Cependant est-il jamais arrivé qu'un seul de tant
de Generaux estrangers , ait pris seulement
un quartier-d'hyver sur nos Frontieres ? Tous
ces Chefs ennemis se promettoient d'entrer dans
nos provinces en vainqueurs & en conquerans;
Mais aucun d'eux ne les a vûës que ceux qui y ont
esté amenez prisonniers. Tous les autres font
demeurez autour du Royaume comme s'ils l'a-
voient gardé , sans troubler la tranquillité dont
il joüissoit. Et c'est un prodige inoüy que
tant de Nations jalouses de la gloire du Roy, &
qui s'estoient assemblées pour le combattre,
n'ayent pû faire autre chose que de l'admirer,
& d'entendre d'assez loin le bruit terrible de
ses foudres qui renversoient les murs de quaran-
te Villes en moins de trente jours; & qui cependant par une espece de miracle n'ont point em-
pesché que la voix des loix n'ait toûjours esté
entenduë. Toûjours la Justice egalement gardée,
l'Obeïssance renduë, la Discipline observée, le
Commerce maintenu, les Arts florissans , les
Lettres cultivées , le Merite recompensé , tous
les reglemens de la Police generalement executez ; & non seulement de la Police Civile , qui
par les heureux changemens qu'elle a faits , sem-
ble nous avoir donné un autre Air , & une autre Ville ; mais encore de la Police Militaire qui
a civilisé les Soldats, & leur a inspiré un amour
de la Gloire & de la Discipline ; qui fait que les
Armées

Armées du Roy font en mefme-temps la plus belle, & la plus terrible chofe du monde. N'eft-ce pas là faire regner la Paix jufque dans le fein de la Guerre? Car enfin ces formidables Armées de cent & deux cents mille hommes ont paffé & repaffé dans les Provinces, auffi paifiblement que fi ce n'euft efté qu'une feule famille. Point de rapine, point de violence, point d'infulte, le Soldat payant comme le Bourgeois, & l'argent fe répandant par ce moyen dans toutes les parties du Royaume. De forte que des troupes fi nombreufes & fi reglées, eftoient la richeffe des païs par où elles paffoient : femblables à ces heureux debordemens du Nil, qui rendent fertiles toutes les Campagnes fur lefquelles ils fe répandent.

Quelle gloire pour un Prince Conquerant, que l'on puiffe dire de luy, qu'il a toûjours eu un Efprit de paix dans toutes les guerres qu'il a faites! depuis la premiere Campagne jufqu'à la derniere ; depuis la prife de Marfal jufqu'à celle de Luxembourg. Car enfin cette derniere & admirable Conquefte, qui en affurant toutes les autres, vient heureufement de finir la guerre, fera dire encore plus que jamais, que le Roy eft un Heros, toûjours Vainqueur, & toûjours Pacifique; Puis que non feulement il a pris cette place, une des plus fortes du monde, & qu'il l'a prife malgré tous les obftacles de la Nature, malgré tous les efforts de l'Art, malgré toute la refiftance des Ennemis : mais ce qui eft encore plus, malgré luy-mefme. Car il eft vray qu'il ne l'a attaquée

D

qu'à regret , & aprés avoir preſſé long-temps ſes
Ennemis cent fois vaincus , de vouloir accepter
la paix qu'il leur offroit , & de ne le pas con-
traindre à ſe ſervir du droit des armes. De ſorte
que par un évenement tout ſingulier , cette fameuſe Ville ſera toûjours pour la gloire du Roy, un
monument éternel , non ſeulement de la plus grande valeur , mais auſſi de la plus grande moderation
dont on ait jamais parlé. Et il faut avoüer , Messieurs , que de pouvoir ainſi exercer en meſme
temps des Vertus ſi oppoſées ; c'eſt avoir une grandeur d'Ame toute extraordinaire , & bien au deſſus de l'idée qu'Homere a voulu donner de la grandeur de ſes Dieux , quand il a dit que d'un ſeul pas
ils franchiſſoient toute l'étenduë des mers ; cette
grandeur eſtant encore trop bornée , pour bien
repreſenter celle d'une Ame heroïque , qui eſt en
meſme-temps dans l'extrêmité de la Valeur , &
dans l'extrêmité de la Clemence ; deux termes
plus éloignez l'un de l'autre que ne ſont les deux
rives de l'Ocean.

Mais je ne puis ſoûtenir plus long-temps la
veuë d'une ſi extrême grandeur , de gloire & de
vertu , ni en parler davantage ; & je rentre encore
plus avant dans un profond ſilence d'admiration,
dont je ne ſuis pas meſme ſorti; puis qu'il eſt vray,
que tout ce que j'ay dit du Roy n'eſt rien en com-
paraiſon de ce qui s'en peut dire , & de ce qu'en
dira cette illuſtre & ſçavante Academie, à laquelle je rends une infinité de graces pour l'honneur
qu'elle m'a fait, en luy proteſtant que j'auray toûjours pour elle une parfaite reconnoiſſance & une
entiere ſoûmiſſion.

Aprés que M. de Corneille & M. de Bergeret eurent ainsi remercié l'Academie, Monsieur RACINE qui en estoit Directeur prit la parole, & leur répondit en ces termes :

ESSIEURS,

Il n'est pas besoin de dire icy, combien l'Académie a esté sensible aux deux pertes considerables qu'elle a faites presque en mesme temps, & dont elle seroit inconsolable, si par le choix qu'elle a fait de vous, elle ne les voyoit aujourd'hui heureusement reparées.

Elle a regardé la mort de Monsieur de Corneille, comme un des plus rudes coups qui la pust frapper. Car bien que depuis un an, une longue maladie nous eust privez de sa présence, & que nous eussions perdu en quelque sorte l'esperance de le revoir jamais dans nos assemblées ; toutefois il vivoit, & l'Académie, dont il estoit le Doyen, avoit au moins la consolation de voir dans la Liste, où sont les noms de tous ceux qui la composent, de voir, dis-je, immediatement au dessous du nom

D ij

sacré de son Augufte Protecteur le fameux nom de Corneille.

Et qui d'entre nous ne s'applaudiffoit pas en lui-mefme, & ne reffentoit pas un fecret plaifir d'avoir pour confrere un homme de ce merite? Vous, Monfieur, qui non feulement eftiez fon frere, mais qui avez couru long-temps une mefme carriere avec lui, vous fçavez les obligations que lui a noftre Poëfie, vous fçavez en quel eftat fe trouvoit la Scene Françoife, lors qu'il commença à travailler. Quel defordre, quelle irregularité! Nul gouft, nulle connoiffance des veritables beautez du theatre. Les Auteurs auffi ignorans que les Spectateurs. La plufpart des fujets extravagans & dénüez de vrayfemblance. Point de mœurs, point de caracteres. La diction encore plus vicieufe que l'action, & dont les pointes & de miferables jeux de mots faifoient le principal ornement. En un mot toutes les regles de l'art, celles mefme de l'honnefteté & de la bienféance par tout violées.

Dans cette enfance, ou pour mieux dire, dans ce cahos du poëme dramatique parmi nous, voftre illuftre Frere, aprés avoir quelque temps cherché le bon chemin, & lutté, fi j'ofe ainfi dire, contre le mauvais gouft de fon fiecle, enfin infpiré d'un genie extraordinaire, & aidé de la lecture des Anciens, fit voir fur la Scene la Raifon, mais la Raifon accompagnée de toute la pompe, de tous les ornemens dont noftre langue eft capable, accorda heureufement le Vrayfemblable & le Merveilleux, & laiffa bien loin derriere lui tout ce qu'il avoit de rivaux , dont la plufpart defefperant de l'atteindre , & n'ofant plus entreprendre de lui difputer le prix , fe bornerent à combattre la voix publique déclarée pour lui , & effayerent en vain par leurs difcours & par leurs frivoles critiques , de rabbaiffer un merite qu'ils ne pouvoient égaler.

La Scene retentit encore des acclamations qu'exciterent à leur naiffance ; le Cid, Horace, Cinna, Pompée , tous ces chefd'œuvres, reprefentez depuis fur tant de theatres , traduits en tant de langues , & qui vivront à jamais dans la bouche des hommes. A dire le vray, où trouvera-t-on un Poëte qui ait poffedé à la fois tant de grands talens , tant d'excellentes parties ? L'art, la force, le jugement, l'efprit. Quelle nobleffe, quelle œconomie dans les fujets ! Quelle vehemence dans les paffions ! Quelle gravité dans les fentimens ! Quelle dignité , & en mefme temps quelle prodigieufe varieté dans les caracteres! Combien de Rois , de Princes , de Heros de toutes nations nous a-t-il reprefentez , toûjours tels qu'ils doivent eftre, toûjours uniformes avec euxmefmes , & jamais ne fe reffemblant les uns aux autres! Parmi tout cela une magnificence d'expreffion proportionnée aux Maiftres du monde qu'il fait fouvent parler , capable neanmoins de s'abbaiffer, quand il veut , & de defcendre jufqu'aux plus fimples naïvetez du Comique , où il eft encore inimitable. Enfin, ce qui lui eft fur tout particulier , une certaine force, une certaine élevation, qui furprend, qui enleve, & qui rend jufqu'à fes défauts, fi on lui en peut reprocher quelques-

uns ; plus eſtimables que les vertus des autres. Per-
ſonnage veritablement né pour la gloire de ſon
pays, comparable, je ne dis pas à tout ce que l'ancienne Rome a eû d'excellens Tragiques, puis
qu'elle confeſſe elle-meſme qu'en ce genre elle n'a
pas eſté fort heureuſe ; mais aux Eſchyles, aux So-
phocles, aux Euripides, dont la fameuſe Athenes
ne s'honore pas moins, que des Themiſtocles,
des Periclés, des Alcibiades qui vivoient en meſme temps qu'eux.

Ouy, Monſieur, que l'Ignorance rabbaiſſe tant
qu'elle voudra l'éloquence & la poëſie, & traitte les
habiles Eſcrivains de gens inutiles dans les Eſtats ;
nous ne craindrons point de le dire à l'avantage
des Lettres, & de ce Corps fameux dont vous faites maintenant partie ; du moment que des Eſ-
prits ſublimes, paſſant de bien loin les bornes
communes, ſe diſtinguent, s'immortaliſent par
des chefd'œuvres comme ceux de Monſieur vôtre Frere ; quelque étrange inégalité que durant
leur vie la Fortune mette entre eux & les plus
grands Heros, aprés leur mort cette difference
ceſſe. La Poſterité qui ſe plaiſt, qui s'inſtruit dans
les ouvrages qu'ils lui ont laiſſez, ne fait point de
difficulté de les égaler à tout ce qu'il y a de plus
conſiderable parmi les hommes, fait marcher de
pair l'excellent Poëte, & le grand Capitaine. Le
meſme ſiecle qui ſe glorifie aujourd'hui d'avoir
produit Auguſte, ne ſe glorifie guere moins d'a-
voir produit Horace, & Virgile. Ainſi, lors que
dans les âges ſuivans on parlera avec étonnement
des victoires prodigieuſes, & de toutes les grandes

chofes , qui rendront noſtre fiecle l'admiration de tous les fiecles à venir ; Corneille , n'en doutons point , Corneille tiendra ſa place parmi toutes ces merveilles. La France ſe ſouviendra avec plaiſir , que ſous le regne du plus grand de ſes Rois a fleuri le plus celebre de ſes Poëtes. On croira meſme ajoûter quelque choſe à la gloire de noſtre auguſte Monarque , lors qu'on dira qu'il a eſtimé , qu'il a honoré de ſes bienfaits cet excellent Genie ; que meſme deux jours avant ſa mort, & lors qu'il ne lui reſtoit plus qu'un rayon de connoiſſance , il lui envoya encore des marques de ſa liberalité ; & qu'enfin les dernieres paroles de Corneille ont eſté des remercimens pour Loüis le Grand.

Voilà , Monſieur , comme la poſterité parlera de voſtre illuſtre Frere. Voilà une partie des excellentes qualitez , qui l'ont fait connoiſtre à toute l'Europe. Il en avoit d'autres , qui bien que moins éclatantes aux yeux du Public , ne ſont peut-eſtre pas moins dignes de nos loüanges ; je veux dire, homme de probité , de pieté ; bon pere de famille , bon parent, bon ami ; vous le ſçavez , vous qui avez toûjours eſté uni avec lui d'une amitié, qu'aucun intereſt , non pas meſme aucune émulation pour la gloire n'a pû alterer. Mais ce qui nous touche de plus prés , c'eſt qu'il eſtoit encore un tres-bon Académicien. Il aimoit , il cultivoit nos exercices. Il y apportoit ſur tout cet eſprit de douceur , d'égalité , de déference meſme , ſi neceſſaire pour entretenir l'union dans les Compagnies. L'a-t-on jamais vû ſe préferer à aucun de ſes

Confreres ? L'a-t-on jamais vû vouloir tirer icy aucun avantage des applaudissemens qu'il recevoit dans le Public ? Au contraire aprés avoir paru en maiftre , & pour ainfi dire, regné fur la fcene , il venoit difciple docile chercher à s'inftruire dans nos affemblées , laiffoit, pour me fervir de fes propres termes, laiffoit fes lauriers à la porte de l'Académie , toûjours preft à foûmettre fon opinion à l'avis d'autruy , & de tous tant que nous fommes le plus modefte à parler , à prononcer , je dis mefme fur des matieres de poëfie.

Vous auriez pû bien mieux que moy , Monfieur , lui rendre icy les juftes honneurs qu'il merite , fi vous n'euffiez peut-eftre apprehendé avec raifon, qu'en faifant l'éloge d'un Frere, avec qui vous avez d'ailleurs tant de conformité, il ne femblaft que vous faifiez voftre propre éloge. C'eft cette conformité que nous avons tous eû en veuë, lors que tout d'une voix nous vous avons appellé pour remplir fa place ; perfuadez que nous fommes que nous retrouverons en vous, non feulement fon nom , fon mefme efprit , fon mefme enthoufiafme , mais encore fa mefme modeftie , fa mefme vertu , fon mefme zele pour l'Académie.

Je m'apperçoy qu'en parlant de modeftie, de vertu , & des autres qualitez propres pour l'Académie , tout le monde fonge icy avec douleur à l'autre perte que nous avons faite ; je veux dire à la mort du fçavant Monfieur de Cordemoy, qui avec tant d'autres talens poffedoit au fouverain degré toutes les parties d'un veritable Académicien ;

sage

fage, exact, laborieux, & qui, fi la mort ne l'euft
point ravi au milieu de fon travail, alloit peut-eftre
porter l'Hiftoire, auffi loin que M. de Corneille a
porté la Tragedie. Mais aprés tout ce que vous a-
vez dit fur fon fujet, * vous, Monfieur, qui par
l'éloquent Difcours que vous venez de faire, vous
eftes montré fi digne de lui fucceder, je n'ay gar-
de de vouloir entreprendre un éloge qui fans
rien ajoûter à fa loüange ne feroit qu'affoiblir l'i-
dée que vous avez donnée de fon merite.

* à Monfieur
de Bergeres.

Nous avons perdu en lui un homme, qui aprés
avoir donné au barreau une partie de fa vie, s'e-
ftoit depuis appliqué tout entier à l'eftude de noftre ancienne Hiftoire. Nous lui avons choifi pour
fucceffeur un Homme, qui aprés avoir efté affez
long-temps l'organe d'un Parlement celebre, a
efté appellé à un des plus importans emplois de
l'Eftat, & qui, avec une connoiffance exacte & de
l'Hiftoire, & de tous les bons livres, nous apporte
encore quelque chofe de bien plus utile & de bien
plus confiderable pour nous, je veux dire la connoiffance parfaite de la merveilleufe Hiftoire de
noftre Protecteur.

Et qui pourra mieux que vous, nous aider à parler de tant de grands évenemens, dont les motifs
& les principaux refforts ont efté fi fouvent confiez
à voftre fidelité, à voftre fageffe ? Qui fçait mieux à
fond tout ce qui s'eft paffé de memorable dans les
Cours eftrangeres, les Traittez, les Alliances, &
enfin toutes les importantes Negociations, qui fous
fon regne ont donné le branle à toute l'Europe ?
Toutefois, difons la verité, Monfieur, la voye

E

de la Negociation est bien courte, sous un Prince, qui ayant toûjours de son costé la puissance & la raison, n'a besoin pour faire executer ses volontez, que de les déclarer. Autrefois la France trop facile à se laisser surprendre par les artifices de ses Voisins, autant qu'elle estoit heureuse & redoutable dans la guerre, autant passoit-elle pour estre infortunée dans les accommodemens. L'Espagne sur tout, l'Espagne son orgueilleuse ennemie se vantoit de n'avoir jamais signé, mesme au plus fort de nos prosperitez, que des traittez avantageux, & de regagner souvent par un trait de plume, ce qu'elle avoit perdu en plusieurs campagnes. Que lui sert maintenant cette adroite politique dont elle faisoit tant de vanité? Avec quel étonnement l'Europe a-t-elle vû, dès les premieres démarches du Roy, cette superbe Nation contrainte de venir jusques dans le Louvre reconnoistre publiquement son inferiorité, & nous abandonner depuis par des Traittez solemnels tant de Places si fameuses, tant de grandes Provinces, celles mesme dont ses Rois empruntoient leurs plus glorieux titres! Comment s'est fait ce changement? Est-ce par une longue suite de negociations traisnées? Est-ce par la dexterité de nos Ministres dans les pays estrangers? Eux-mesmes confessent que le Roy fait tout, voit tout dans les Cours où il les envoye, & qu'ils n'ont tout au plus que l'embarras d'y faire entendre avec dignité ce qu'il leur a dicté avec sagesse.

Qui l'eust dit au commencement de l'année derniere, & dans cette mesme saison où nous som-

mes , lors qu'on voyoit de toutes parts tant de
haines éclater , tant de ligues fe former , & cet
Efprit de difcorde & de défiance qui fouffloit la
guerre aux quatre coins de l'Europe ; qui l'euft
dit qu'avant la fin du Printemps tout feroit calme ? Quelle apparence de pouvoir diffiper fi-toft
tant de ligues ? Comment accorder tant d'interefts
fi contraires ? Comment calmer cette foule d'Eftats,
& de Princes , bien plus irritez de noftre puiffan-
ce , que des mauvais traittemens qu'ils préten-
doient avoir reçûs ? N'euft-on pas crû que vingt
années de Conferences ne fuffifoient pas pour
terminer toutes ces querelles ? La Diete d'Allemagne , qui n'en devoit examiner qu'une partie,
depuis trois ans qu'elle y eftoit appliquée , n'en
eftoit encore qu'aux préliminaires. Le Roy cependant , pour le bien de la Chreftienté , avoit refolu
dans fon Cabinet, qu'il n'y euft plus de guerre.
La veille qu'il doit partir , pour fe mettre à la tefte
d'une de fes armées , il trace fix lignes , & les envoye à fon Ambaffadeur à la Haye. Là deffus les
Provinces deliberent , les Miniftres des Hauts Alliez s'affemblent ; tout s'agite , tout fe remuë ; les
uns ne veulent rien ceder de ce qu'on leur de-
mande , les autres redemandent ce qu'on leur a
pris ; mais tous ont refolu de ne point pofer les
armes. Mais lui , qui fçait bien ce qui en doit ar-
river , ne femble pas mefme prefter d'attention à
leurs Affemblées ; & comme le Juppiter d'Homere,
aprés avoir envoyé la Terreur parmi fes ennemis , tournant les yeux vers les autres endroits
qui ont befoin de fes regards , d'un cofté il fait

prendre Luxembourg, de l'autre il s'avance lui-mefme aux portes de Monts; icy il envoye des Generaux à fes Alliez, là il fait foudroyer Gênes; il force Alger à lui demander pardon; il s'applique mefme à regler le dedans de fon Royaume, foulage fes peuples, & les fait joüir par avance des fruits de la paix, & enfin, comme il l'avoit préveû, voit fes Ennemis, aprés bien des conferences, bien des projets, bien des plaintes inutiles, contraints d'accepter ces mefmes conditions qu'il leur a offertes, fans avoir pû en rien retrancher, y rien ajoûter, ou pour mieux dire, fans avoir pû, avec tous leurs efforts, s'écarter d'un feul pas du cercle eftroit qu'il lui avoit plû de leur tracer.

Quel avantage pour tous tant que nous fommes, MESSIEURS, qui chacun felon nos differens talens, avons entrepris de celebrer tant de grandes chofes! Vous n'aurez point pour les mettre en jour, à difcuter avec des fatigues incroyables une foule d'intrigues difficiles à développer. Vous n'aurez pas mefme à foüiller dans le cabinet de fes Ennemis. Leur mauvaife volonté, leur impuiffance, leur douleur eft publique à toute la terre. Vous n'aurez point à craindre enfin tous ces longs détails de chicanes ennuyeufes, qui fechent l'efprit de l'Efcrivain, & qui jettent tant de langueur dans la plufpart des Hiftoires modernes, où le Lecteur, qui cherch'oit des faits, ne trouvant que des paroles, fent mourir à chaque pas fon attention, & perd de veuë le fil des évenemens. Dans l'Hiftoire du Roy tout vit, tout

marche, tout eft en action. Il ne faut que le fui-
vre fi l'on peut, & le bien eftudier lui feul. C'eft
un enchaifnement continuel de faits merveilleux,
que lui-mefme commence, que lui-mefme ache-
ve, auffi clairs, auffi intelligibles quand ils font
executez, qu'impenetrables avant l'execution.
En un mot le miracle fuit de prés un autre miracle.
L'attention eft toûjours vive, l'admiration toûjours tenduë; & l'on n'eft pas moins frappé de la
grandeur & de la promtitude avec laquelle fe fait
la Paix, que de la rapidité avec laquelle fe font les
Conqueftes.

Heureux ceux qui comme vous, Monfieur,
ont l'honneur d'approcher de prés ce grand Prince, & qui aprés l'avoir contemplé avec le refte
du monde dans ces importantes occafions où il
fait le deftin de toute la Terre, peuvent encore
le contempler dans fon particulier, & l'eftudier
dans les moindres actions de fa vie, non moins
grand, non moins Heros, non moins admirable,
plein d'équité, plein d'humanité, toûjours tran-
quille, toûjours maiftre de lui, fans inégalité,
fans foibleffe, & enfin le plus fage & le plus parfait de tous les hommes!

I

www.ingramcontent.com/pod-product-compliance
Lightning Source LLC
Chambersburg PA
CBHW060857180626
46818CB00004B/1734